私《わたし》は、歴史小説《れきししょうせつ》を書《か》いてきた。
もともと歴史《れきし》が好《す》きなのである。両親《りょうしん》を愛《あい》するようにして、歴史《れきし》を愛《あい》している。
歴史《れきし》とはなんでしょう、と聞《き》かれるとき、
「それは、大《おお》きな世界《せかい》です。かつて存在《そんざい》した何億《なんおく》という人生《じんせい》がそこにつめこまれている世界《せかい》なのです。」

二十一世《せい》紀《き》に生《い》きる君《きみ》たちへ

装丁：新井達久
写真：世界文化フォト、野上　透

二十一世紀《せいき》に生《い》きる君《きみ》たちへ
洪庵《こうあん》のたいまつ

司馬遼太郎

二十一世紀《せいき》に生《い》きる君《きみ》たちへ

と、答《こた》えることにしている。

私《わたし》には、幸《さいわ》い、この世《よ》にたくさんのすばらしい友人《ゆうじん》がいる。

歴史《れきし》の中《なか》にもいる。そこには、この世《よ》では求《もと》めがたいほどにすばらしい人《ひと》たちがいて、私《わたし》の日常《にちじょう》を、はげましたり、な

ぐさめたりしてくれているのである。

だから、私《わたし》は少《すく》なくとも二千年以上《せんねんいじょう》の時間《じかん》の中《なか》を、生《い》きているようなものだと思《おも》っている。この楽《たの》しさは——もし君《きみ》たちさえそう望《のぞ》むなら——おすそ分《わ》けしてあげたいほどである。

ただ、さびしく思《おも》うことがある。

私《わたし》が持《も》っていなくて、君《きみ》たちだけが持《も》っている大《おお》きなものがある。未来《みらい》というものである。

私《わたし》の人生《じんせい》は、すでに持《も》ち時間《じかん》が少《すく》ない。例《たと》えば、二十一世紀《せいき》というものを見《み》ることができないにちがいない。

二十一世紀《せいき》に生《い》きる君《きみ》たちへ

君《きみ》たちは、ちがう。

二十一世紀《せいき》をたっぷり見《み》ることができるばかりか、そのかがやかしいにない手《て》でもある。

もし「未来《みらい》」という町角《まちかど》で、私《わたし》が君《きみ》たちを呼《よ》びとめることができたら、どんなにいいだろう。

「田中君《たなかくん》、ちょっとうかがいますが、あなたが今歩《いまある》いている二十一世紀《せいき》とは、どんな世《よ》の中《なか》でしょう。」

そのように質問《しつもん》して、君《きみ》たちに教《おし》えてもらいたいのだが、ただ残念《ざんねん》にも、その「未来《みらい》」という町角《まちかど》には、私《わたし》はもういない。

だから、君《きみ》たちと話《はなし》ができるのは、今《いま》のうちだということである。

もっとも、私《わたし》には二十一世紀《せいき》のことなど、とても予測《よそく》できない。

ただ、私《わたし》に言《い》えることがある。それは、歴史《れきし》から学《まな》んだ人間《にんげん》の生《い》き方《かた》の基本的《きほんてき》なことどもである。

昔《むかし》も今《いま》も、また未来《みらい》においても変《か》わらないことがある。そこに空気《くうき》と水《みず》、それに土《つち》などという自然《しぜん》があって、人間《にんげん》や他《ほか》の動植物《どうしょくぶつ》、さらには微生物《びせいぶつ》にいたるまでが、それに依存《いそん》しつつ生《い》きているということである。

自然《しぜん》こそ不変《ふへん》の価値《かち》なのである。なぜならば、人間《にんげん》は空気《くうき》を吸《す》うことなく生《い》きることができないし、水分《すいぶん》をとることがなければ、かわいて死《し》んでしまう。

さて、自然《しぜん》という「不変《ふへん》のもの」を基準《きじゅん》に置《お》いて、人間《にんげん》のことを考《かんが》えてみたい。

人間《にんげん》は、――くり返《かえ》すようだが――自然《しぜん》によって生《い》かされてきた。古代《こだい》でも中世《ちゅうせい》でも自然《しぜん》こそ神々《かみがみ》であるとした。このことは、少《すこ》しも誤《あやま》っていないのである。歴史《れきし》の中《なか》の人々《ひとびと》は、自然《しぜん》をおそれ、その力《ちから》をあがめ、自分《じぶん》たちの上《うえ》にあるものとして身《み》をつつしんできた。

この態度《たいど》は、近代《きんだい》や現代《げんだい》に入《はい》って少《すこ》しゆらいだ。

――人間《にんげん》こそ、いちばんえらい存在《そんざい》だ。

という、思《おも》いあがった考《かんが》えが頭《あたま》をもたげた。二十世紀《せいき》という現《げん》代《だい》は、ある意味《いみ》では、自然《しぜん》へのおそれがうすくなった時代《じだい》といっていい。

同時《どうじ》に、人間《にんげん》は決《けっ》しておろか

ではない。思《おも》いあがるということはおよそ逆《ぎゃく》のことも、あわせ考《かんが》えた。つまり、私《わたし》ども人間《にんげん》とは自然《しぜん》の一部《いちぶ》にすぎない、というすなおな考《かんが》えである。

　このことは、古代《こだい》の賢者《けんじゃ》も考《かんが》えたし、また十九世紀《せいき》の医学《いがく》もそのように考《かんが》えた。ある意味《いみ》では、平凡《へいぼん》な事実《じじつ》にすぎないこのことを、二十世紀《せいき》の科学《かがく》は、科学《かがく》の事実《じじつ》として、人々《ひとびと》の前《まえ》にくり

ひろげてみせた。

二十世紀末《せいきまつ》の人間《にんげん》たちは、このことを知《し》ることによって、古代《こだい》や中世《ちゅうせい》に神《かみ》をおそれたように、再《ふたた》び自然《しぜん》をおそれるようになった。

おそらく、自然《しぜん》に対《たい》しいばりかえっていた時代《じだい》は、二十一世紀《せいき》に近《ちか》づくにつれて、終《お》わっていくにちがいない。

「人間《にんげん》は、自分《じぶん》で生《い》きているのではなく、大《おお》きな存在《そんざい》によって生《い》かされている。」

と、中世《ちゅうせい》の人々《ひとびと》は、ヨーロッパにおいても東洋《とうよう》においても、そのようにへりくだって考《かんが》えていた。

この考《かんが》えは、近代《きんだい》に入《はい》ってゆらいだとはいえ、右《みぎ》に述《の》べたように、近《ちか》ごろ再《ふたた》び、人間《にんげん》たちはこのよき思想《しそう》を取《と》りもどしつつあるように思《おも》われる。

この自然《しぜん》へのすなおな態度《たいど》こそ、二十一世紀《せいき》への希望《きぼう》であり、君《きみ》たちへの期待《きたい》でもある。そういうすなおさを君《きみ》たちが持《も》ち、その気分《きぶん》をひろめてほしいのである。

そうなれば、二十一世紀《せいき》の人間《にんげん》は、よりいっそう自然《しぜん》を尊《そん》敬《けい》することになるだろう。そして、自然《しぜん》の一部《いちぶ》である人間《にんげん》どうしについても、前世紀《ぜんせいき》にもまして尊敬《そんけい》し合《あ》うようになるのにちがいない。そのようになることが、君《きみ》たちへの私《わたし》の期待《きたい》でもある。

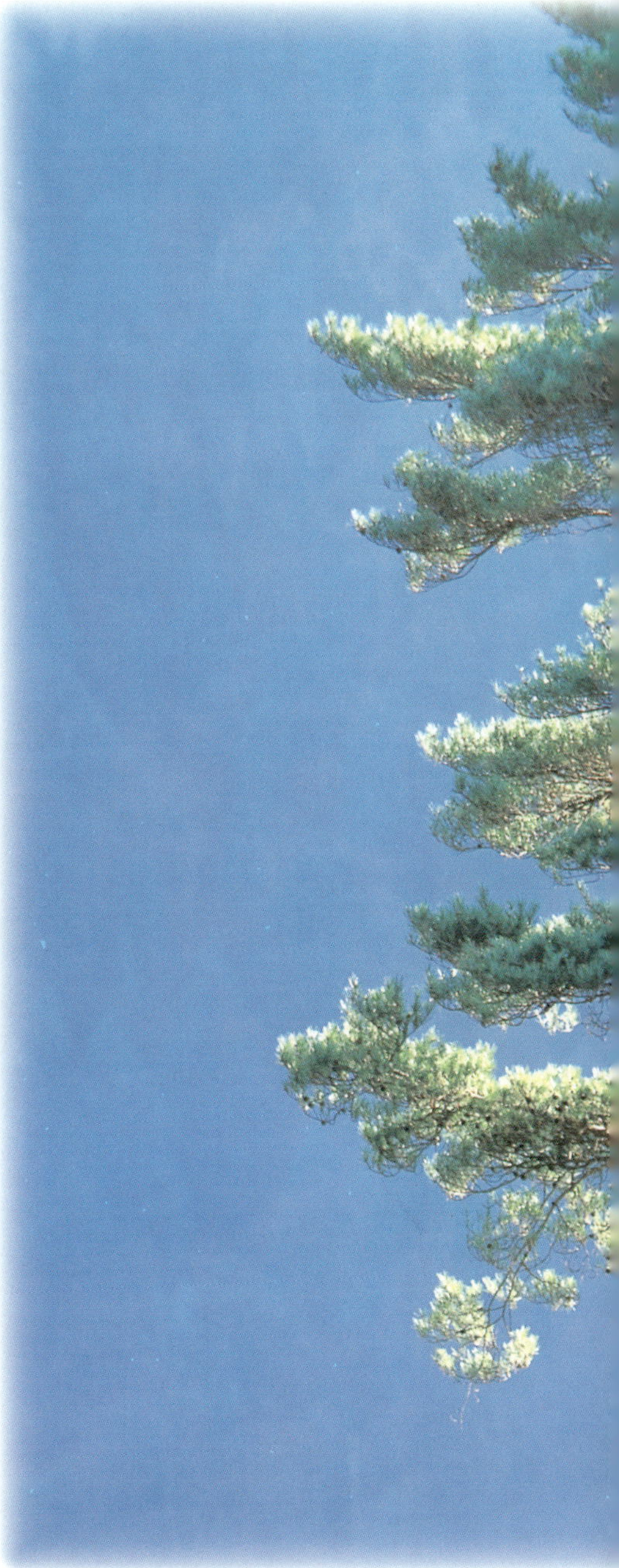

さて、君《きみ》たち自身《じしん》のことである。
君《きみ》たちは、いつの時代《じだい》でもそうであったように、自己《じこ》を確《かく》
立《りつ》せねばならない。
――自分《じぶん》に厳《きび》しく、相手《あいて》にはやさしく。
という自己《じこ》を。

そして、すなおでかしこい自己《じこ》を。

二十一世紀《せいき》においては、特《とく》にそのことが重要《じゅうよう》である。二十一世紀《せいき》にあっては、科学《かがく》と技術《ぎじゅつ》がもっと発達《はったつ》するだろう。科学《かがく》・技術《ぎじゅつ》が、こう水《ずい》のように人間《にんげん》をのみこんでしまってはならない。川《かわ》の水《みず》を正《ただ》しく流《なが》すように、君《きみ》たちのしっかりした自己《じこ》が、科学《かがく》と技術《ぎじゅつ》を支配《しはい》し、よい方向《ほうこう》に持《も》っていってほしいのである。

右《みぎ》において、私《わたし》は「自己《じこ》」ということをしきりに言《い》った。自己《じこ》といっても、自己中心《じこちゅうしん》におちいってはならない。

人間《にんげん》は、助《たす》け合《あ》って生《い》きているのである。

私《わたし》は、人《ひと》という文字《もじ》を見《み》るとき、しばしば感動《かんどう》する。ななめの画《かく》がたがいに支《ささ》え合《あ》って、構成《こうせい》されているのである。そのことでも分《わ》かるように、人間《にんげん》は、社会《しゃかい》をつくって生《い》きている。

社会《しゃかい》とは、支《ささ》え合《あ》う仕組《しく》みということである。

原始時代《げんしじだい》の社会《しゃかい》は小《ちい》さかった。家族《かぞく》を中心《ちゅうしん》とした社会《しゃかい》だった。それがしだいに大《おお》きな社会《しゃかい》になり、今《いま》は、国家《こっか》と世界《せかい》という社会《しゃかい》をつくり、たがいに助《たす》け合《あ》いながら生《い》きているのである。

自然物《しぜんぶつ》としての人間《にんげん》は、決《けっ》して孤立《こりつ》して生《い》きられるようにはつくられていない。

このため、助《たす》け合《あ》う、ということが、人間《にんげん》にとって、大《おお》き

な道徳《どうとく》になっている。

助《たす》け合《あ》うという気持《きも》ちや行動《こうどう》のもとのもとは、いたわりという感情《かんじょう》である。

他人《たにん》の痛《いた》みを感《かん》じることと言《い》ってもいい。

やさしさと、言《い》いかえてもいい。

「いたわり」

「他人《たにん》の痛《いた》みを感《かん》じること」

「やさしさ」

みな似《に》たような言葉《ことば》である。この三つの言葉《ことば》は、もともと一つの根《ね》から出《で》ているのである。根《ね》といっても、本能《ほんのう》ではない。だから、私《わたし》たちは訓練《くんれん》をしてそれを身《み》につけねばならないのである。

その訓練《くんれん》とは、簡単《かんたん》なことである。例《たと》えば、友達《ともだち》がころぶ。ああ痛《いた》かったろうな、と感《かん》じる気《き》持《も》ちを、そのつど自分《じぶん》の中《なか》でつくりあげていきさえすればよい。

この根《ね》っこの感情《かんじょう》が、自己《じこ》の中《なか》でしっかり根《ね》づいていけば、他民族《たみんぞく》へのいたわりという気持《きも》ちもわき出《で》てくる。君《きみ》たちさえ、そういう自己《じこ》をつくっていけば、二十一世紀《せいき》は人類《じんるい》が仲《なか》よしで暮《く》らせる時代《じだい》になるのにちがいない。

鎌倉時代《かまくらじだい》の武士《ぶし》たちは、

「たのもしさ」

ということを、たいせつにしてきた。人間《にんげん》は、いつの時代《じだい》でもたのもしい人格《じんかく》を持《も》たねばならない。人間《にんげん》というのは、男《だん》女《じょ》とも、たのもしくない人格《じんかく》にみりょくを感《かん》じないのである。

もう一度《いちど》くり返《かえ》そう。さきに私《わたし》は自己《じこ》を確立《かくりつ》せよ、と言《い》った。自分《じぶん》に厳《きび》しく、相手《あいて》にはやさしく、とも言《い》った。いたわりという言葉《ことば》も使《つか》った。それらを訓練《くんれん》せよ、とも言《い》った。それらを訓練《くんれん》することで、自己《じこ》が確立《かくりつ》されていくのである。そして、〝たのもしい君《きみ》たち〟になっていくのである。

以上《いじょう》のことは、いつの時代《じだい》になっても、人間《にんげん》が生《い》きていくうえで、欠《か》かすことができない心《こころ》がまえというものである。

君《きみ》たち。君《きみ》たちはつねに晴《は》れあがった空《そら》のように、たかだかとした心《こころ》を持《も》たねばならない。

同時《どうじ》に、ずっしりとたくましい足《あし》どりで、大地《だいち》をふみしめつつ歩《ある》かねばならない。

私《わたし》は、君《きみ》たちの心《こころ》の中《なか》の最《もっと》も美《うつく》しいものを見続《みつづ》けながら、以上《いじょう》のことを書《か》いた。

書《か》き終《お》わって、君《きみ》たちの未来《みらい》が、真夏《まなつ》の太陽《たいよう》のようにかがやいているように感《かん》じた。

（「小学国語六年下」大阪書籍）

洪《こう》庵《あん》のたいまつ

世《よ》のためにつくした人《ひと》の一生《いっしょう》ほど、美《うつく》しいものはない。

ここでは、特《とく》に美《うつく》しい生涯《しょうがい》を送《おく》った人《ひと》について語《かた》りたい。

緒方洪庵《おがたこうあん》のことである。

この人《ひと》は、江戸末期《えどまっき》に生《う》まれた。

医者《いしゃ》であった。

かれは、名《な》を求《もと》めず、利《り》を求《もと》めなかった。

あふれるほどの実力《じつりょく》がありながら、しかも他人《たにん》のために生《い》き続《つづ》けた。そういう生涯《しょうがい》は、はるかな山河《さんが》のように、実《じつ》に美《うつく》しく思《おも》えるのである。

といって、洪庵《こうあん》は変人《へんじん》ではなかった。どの村《むら》やどの町内《ちょうない》にもいそうな、ごくふつうのおだやかな人《ひと》がらの人《ひと》だった。

病人《びょうにん》には親切《しんせつ》で、その心《こころ》はいつも愛《あい》に満《み》ちていた。かれの医学《いがく》は、当時《とうじ》ふつうの医学《いがく》だった漢方《かんぽう》ではなく、世間《せけん》でもめずらしいとされていたオランダ医学《いがく》（蘭方《らんぽう》）だった。そのころ、洪庵《こうあん》のような医者《いしゃ》は、蘭方医《らんぽうい》とよばれていた。

変人《へんじん》でこそなかったが、蘭方《らんぽう》などをやっているということで、近所《きんじょ》の人《ひと》たちから、

「変《か》わったお人《ひと》やな。」

と思《おも》われていたかもしれない。ついでながら、洪庵《こうあん》は大坂《おおさか》（今《いま》の大阪市《おおさかし》）に住《す》んでいた。なにしろ洪庵《こうあん》は、日常《にちじょう》、人々《ひとびと》にとって見慣《みな》れない横文字《よこもじ》（オランダ語《ご》）の本《ほん》を読《よ》んでいるのである。いっぱんの人《ひと》から見《み》れば、常人《じょうじん》のようには思《おも》われ

なかったかもしれない。

洪庵《こうあん》は、備中《びっちゅう》（今《いま》の岡山県《おかやまけん》）の人《ひと》である。現《げん》在《ざい》の岡山市《おかやまし》の西北方《せいほっぽう》に足守《あしもり》という町《まち》があるが、江戸時代《えどじだい》、ここに足守藩《あしもりはん》という小《ちい》さな藩《はん》があって、緒方家《おがたけ》は代々《だいだい》その藩士《はんし》だった。

父《ちち》が、藩《はん》の仕事《しごと》で大坂《おおさか》に住《す》んだために、洪庵《こうあん》もこの都市《とし》で過《す》ごした。少年《しょうねん》のころ、一人前《いちにんまえ》のさむらいになるために、漢学《かんがく》の塾《じゅく》やけん術《じゅつ》の道場《どうじょう》に通《かよ》ったのだが、生《う》まれつき体《からだ》が弱《よわ》く、病《びょう》気《き》がちで、塾《じゅく》や道場《どうじょう》をしばしば休《やす》んだ。少年《しょうねん》の洪庵《こうあん》にとって、病弱《びょうじゃく》である自分《じぶん》が歯《は》がゆかっ

た。この体《からだ》、なんとかならないものだろうかと思《おも》った。

人間《にんげん》は、人《ひと》なみでない部分《ぶぶん》をもっということは、すばらしいことなのである。そのことが、ものを考《かんが》えるばねになる。

少年時代《しょうねんじだい》の洪庵《こうあん》も、そうだった。かれは、人《にん》間《げん》について考《かんが》えた。人間《にんげん》が健康《けんこう》であったり、健《けん》康《こう》でなかったり、また病気《びょうき》をしたりするということは、いったい何《なに》に原因《げんいん》するのか。さらには、人体《じんたい》というのはどういう仕組《しく》みになっているのだろう、ということを考《かんが》えこんだ。

この少年《しょうねん》は、ものごとを理《り》づめで考《かんが》えるたちだった。今《いま》の言葉《ことば》でいえば、科学的《かがくてき》に考《かんが》えることが好《す》きだったといっていい。

少年《しょうねん》は、蘭学特《らんがくとく》に蘭方医学《らんぽういがく》を学《まな》びたいと思《おも》った。

幸《さいわ》い、この当時《とうじ》、中天游《なかてんゆう》（一七八三〜一八三五年《ねん》）という学者《がくしゃ》が、大坂《おおさか》で蘭方医学《らんぽういがく》の塾《じゅく》を開《ひら》いていて、あわせて初歩的《しょほてき》な物理学《ぶつりがく》や化学《かがく》についても教《おし》えていた。

少年《しょうねん》はここに入門《にゅうもん》した。主《しゅ》として医学《いがく》を学《まな》んだのである。中天游《なかてんゆう》からすべてを学《まな》び取《と》った後《のち》、さらに師《し》を求《もと》めて江戸《えど》へ行《い》った。二十二才《さい》のときであった。

江戸《えど》では、働《はたら》きながら学《まな》んだ。あんまをしてわずかな金《かね》をもらったり、他家《たけ》のげんかん番《ばん》をしたりした。

そのころ、江戸第一《えどだいいち》の蘭方医学《らんぽういがく》の大家《たいか》は、坪井信道《つぼいしんどう》（一七九五～一八四八年《ねん》）という人《ひと》だった。

ついでながら、江戸時代《えどじだい》の習慣《しゅうかん》として、えらい学者《がくしゃ》は、ふつう、その自《じ》たくを塾《じゅく》にして、自分《じぶん》の学問《がくもん》を年《とし》わかい人々《ひとびと》に伝《つた》えるのである。それが、社会《しゃかい》に対《たい》する恩返《おんがえ》しとされていた。

洪庵《こうあん》は、坪井信道《つぼいしんどう》の塾《じゅく》で四年間《ねんかん》学《まな》び、ついにオランダ語《ご》のむずかしい本《ほん》まで読《よ》むことができるようになった。

そのあと、長崎《ながさき》へ行《い》った。

長崎《ながさき》。

この町《まち》についてあらかじめ知《し》っておかねばならないことは、江戸時代《えどじだい》が鎖国《さこく》（外国《がいこく》と付《つ》き合《あ》わないこと）だったことである。

幕府《ばくふ》は、長崎港《ながさきこう》一か所《しょ》を外国《がいこく》に対《たい》して開《ひら》いていた。その外《がい》国《こく》も限《かぎ》られていて、アジアの国々《くにぐに》では中国《ちゅうごく》（当時《とうじ》は清国《しんこく》）だけであり、ヨーロッパの国々《くにぐに》ではオランダだけだった。そういうわけで、長崎《ながさき》にはオランダ人《じん》がごく少数《しょうすう》ながら住《す》んでいたのである。

もう少《すこ》し鎖国《さこく》について話《はな》したい。

鎖国《さこく》というのは、例《たと》えば、日本人全部《にほんじんぜんぶ》が真《ま》っ暗《くら》な箱《はこ》の中《なか》にいるようなものだったと考《かんが》えればいい。

長崎《ながさき》は、箱《はこ》の中《なか》の日本《にほん》としては、はりでついたように小《ちい》さなあなだったといえる。その小《こ》あなからかすかに世界《せかい》の光《ひかり》が差《さ》しこんできていたのである。当時《とうじ》の学問好《がくもんず》きの人々《ひとびと》にとって、その光《ひかり》こそ中国《ちゅうごく》であり、ヨーロッパであった。

人々《ひとびと》にとって、志《こころざし》さえあれば、暗《くら》い箱《はこ》の中《なか》でも世界《せかい》を知《し》ることができる。例《たと》えば、オランダ語《ご》を学《まな》び、オランダの本《ほん》を読《よ》むことによって、ヨーロッパの科学《かがく》のいくぶんかでも自分《じぶん》のものにすることができたのである。洪庵《こうあん》もそういう青年《せいねん》の一人《ひとり》だった。洪庵《こうあん》は長崎《ながさき》の町《まち》で二年《ねん》学《まな》んだ。

二十九才《さい》のとき、洪庵《こうあん》は大坂《おおさか》にもどった。ここでしんりょうをする一方《いっぽう》、塾《じゅく》を開《ひら》いた。ほぼ同時《どうじ》に結《けっ》こんもした。妻《つま》は八重《やえ》という、やさしくて物静《ものしず》かな女性《じょせい》だった。考《かんが》え深《ぶか》くもあった。八重《やえ》は終生《しゅうせい》、かれを助《たす》け、塾《じゅく》の書生《しょせい》たちからも母親《ははおや》のようにしたわれた。

洪庵《こうあん》は、自分《じぶん》の塾《じゅく》の名《な》を適塾《てきじゅく》と名付《なづ》けた。

日本《にほん》の近代《きんだい》が大《おお》きなげき場《じょう》とすれば、明治《めいじ》はそのはなやかなまく開《あ》けだった。その前《まえ》の江戸末期《えどまっき》は、はいゆうたちのけいこの期間《きかん》だったといえる。適塾《てきじゅく》は、日本《にほん》の近代《きんだい》のためのけいこ場《ば》の一つになったのである。

すばらしい学校《がっこう》だった。

入学試験《にゅうがくしけん》などはない。

どのわか者《もの》も、勉強《べんきょう》したくて、遠《とお》い地方《ちほう》から、はるばるとやってくるのである。

江戸時代《えどじだい》は身分差別《みぶんさべつ》の社会《しゃかい》だった。しかしこの学校《がっこう》では、いっさい平等《びょうどう》であった。さむらいの子《こ》もいれば町医者《まちいしゃ》の子《こ》もおり、また農民《のうみん》の子《こ》もいた。ここでは、「学問《がくもん》をする」というただ一つの目的《もくてき》と心《こころ》で結《むす》ばれていた。

適塾《てきじゅく》においては、最初《さいしょ》の数年《すうねん》は、オランダ語《ご》を学《まな》ぶことについやされる。

洪庵《こうあん》のたいまつ

先生《せんせい》は、洪庵《こうあん》しかいない。

その洪庵先生《こうあんせんせい》も、病人《びょうにん》たちをしんりょうしながら教《おし》える。体《からだ》が二つあっても足《た》りないほどいそがしかったが、それでも塾《じゅく》の教育《きょういく》はうまくいった。塾生《じゅくせい》のうちで、よくできる者《もの》ができない者《もの》を教《おし》えたからである。

八つの級《きゅう》に分《わ》かれていて、適塾《てきじゅく》に入《はい》って早々《そうそう》の者《もの》は八級《きゅう》とよばれる。一級《きゅう》の人《ひと》は、最《もっと》も古《ふる》いし、オランダ語《ご》もよくできる。各級《かくきゅう》に、学級委員《がっきゅういいん》のように「会頭《かいとう》」という者《もの》がいる。塾《じゅく》生全部《せいぜんぶ》の代表《だいひょう》として、塾頭《じゅくとう》という者《もの》がいた。ある時期《じき》の塾頭《じゅくとう》として、後《のち》に明治陸軍《めいじりくぐん》をつくることになる大村益次郎《おおむらますじろう》がいたし、また別《べつ》の時期《じき》の塾頭《じゅくとう》として、後《のち》に慶應義塾大学《けいおうぎじゅくだいがく》のそう立《りつ》者《しゃ》になる福沢諭吉《ふくざわゆきち》もいた。

適塾《てきじゅく》の建物《たてもの》は、今《いま》でも残《のこ》っている。場所《ばしょ》は、大阪市中央区《おおさかしちゅうおうく》北浜三丁目《きたはまちょうめ》である。

当時《とうじ》、そのあたりは商家《しょうか》がのきをならべていて、適塾《てきじゅく》の建物《たてもの》はその間《あいだ》にはさまれていた。造《つく》りも商家風《しょうかふう》で、今日《こんにち》の学校《がっこう》という感《かん》じのものではない。門《もん》もなければ運動場《うんどうじょう》もなく、あるのは二階建《かいだ》てのただの民家《みんか》だった。

その二階《かい》が塾生《じゅくせい》のね起《お》きの場所《ばしょ》であった。そして教室《きょうしつ》でもあった。塾生《じゅくせい》たちは、そこでひしめくようにしてくらしていた。夏《なつ》は暑《あつ》かったらしい。

先《さき》に述《の》べた福沢諭吉《ふくざわゆきち》は、明治以後《めいじいご》、当時《とうじ》を思《おも》い出《だ》して、「ずいぶん罪《つみ》のないいたずらもしたが、これ以上《いじょう》できないというほどに勉強《べんきょう》もした。目《め》が覚《さ》めれば本《ほん》を読《よ》むというくらしだから、適塾《てきじゅく》にいる間《あいだ》、まくらというものをしたことがない。夜《よる》はつくえの横《よこ》でごろねをしたのだ。」という意味《いみ》のことを述《の》べている。

洪庵《こうあん》は、自分自身《じぶんじしん》と弟子《でし》たちへのいましめとして、十二か条《じょう》よりなる訓《くん》かいを書《か》いた。その第一条《だいいちじょう》の意味《いみ》は、次《つぎ》のようで、まことにきびしい。

医者《いしゃ》がこの世《よ》で生活《せいかつ》しているのは、人《ひと》のためであって自分《じぶん》のためではない。決《けっ》して有名《ゆうめい》になろうと思《おも》うな。また利益《りえき》を追《お》おうとするな。ただただ自分《じぶん》をすてよ。そして人《ひと》を救《すく》うことだけを考《かんが》えよ。

そういう洪庵《こうあん》に対《たい》し、幕府《ばくふ》は、

「江戸《えど》へ来《き》て、将軍様《しょうぐんさま》の侍医《じい》（奥医師《おくいし》）になれ。」

ということを言《い》ってきた。目《め》もくらむほどにめいよなことだった。奥医師《おくいし》というのは、日本最高《にほんさいこう》の医師《いし》というだけでなく、その身分《みぶん》は小《ちい》さな大名《だいみょう》よりも高《たか》かったのである。つまり、洪庵《こうあん》の自分《じぶん》へのいましめに反《はん》することだった。

洪庵《こうあん》は断《ことわ》り続《つづ》けた。しかし幕府《ばくふ》は聞《き》かず、ついに、いやいやながらそれにしたがった。

洪庵《こうあん》は五十三才《さい》のときに江戸《えど》へ行《い》き、そのよく年《ねん》、あっけなくなくなってしまった。

もともと病弱《びょうじゃく》であったから、わかいころから体《からだ》をいたわり続《つづ》け、心《こころ》もできるだけのどかにするよう心《こころ》がけてきた。ところが、江戸《えど》でのはなやかな生活《せいかつ》は、洪庵《こうあん》の性《しょう》に合《あ》わず、心《こころ》ののどかさも失《うしな》われてしまった。それに新《あたら》しい生活《せいかつ》が、かれに無理《むり》を強《し》いた。それらが、かれの健康《けんこう》をむしばみ、江戸《えど》へ行《い》ったよく年《ねん》、火《ひ》が消《き》えるようにしてなくなったのである。

ふり返《かえ》ってみると、洪庵《こうあん》の一生《いっしょう》で、最《もっと》も楽《たの》しかったのは、かれが塾生《じゅくせい》たちを教育《きょういく》していた時代《じだい》だったろう。洪庵《こうあん》は、自分《じぶん》の恩師《おんし》たちから引《ひ》きついだたいまつの火《ひ》を、よりいっそう大《おお》きくした人《ひと》であった。

かれの偉大《いだい》さは、自分《じぶん》の火《ひ》を、弟子《でし》たちの一人一人《ひとりひとり》に移《うつ》し続《つづ》けたことである。

弟子《でし》たちのたいまつの火《ひ》は、後《のち》にそれぞれの分野《ぶんや》であかあかとかがやいた。やがてはその火《ひ》の群《む》れが、日本《にほん》の近代《きんだい》を照《て》らす大《おお》きな明《あ》かりになったのである。後世《こうせい》のわたしたちは、洪庵《こうあん》に感謝《かんしゃ》しなければならない。

（「小学国語五年下」大阪書籍）

【洪庵《こうあん》のたいまつ】用語解説

「緒方洪庵《おがたこうあん》」：一八一〇～一八六三年《ねん》。幕末《ばくまつ》における洋学研究《ようがくけんきゅう》の第《だい》一人者《にんしゃ》。たくさんの蘭書《らんしょ》を翻訳《ほんやく》し著書《ちょしょ》を残《のこ》した。幕府《ばくふ》の奥医師《おくいし》として江戸《えど》に迎《むか》えられるまで24年間《ねんかん》、適塾《てきじゅく》を開《ひら》き、日本《にほん》の近代化《きんだいか》につくしたさまざまな人々《ひとびと》を育《そだ》てた。

「漢学《かんがく》」：一般《いっぱん》に中国《ちゅうごく》の儒学《じゅがく》または中国《ちゅうごく》の学問《がくもん》の総称《そうしょう》。平安時代《へいあんじだい》には特《とく》に盛《さか》んで、わが国《くに》の社会制度《しゃかいせいど》にも少《すく》なからず影響《えいきょう》を与《あた》えた。江戸時代《えどじだい》に漢学派《かんがくは》として再興《さいこう》した。

「蘭学《らんがく》」：江戸中期以降《えどちゅうきいこう》、オランダ語《ご》によって西洋《せいよう》の学術《がくじゅつ》を研究《けんきゅう》しようとした学問《がくもん》。医学《いがく》から数学《すうがく》・兵学《へいがく》・天文学《てんもんがく》・化学《かがく》などの学術《がくじゅつ》にまでおよんだ。

「中天游《なかてんゆう》」：一七八三～一八三五年《ねん》。江戸後期《えどこうき》の医者《いしゃ》。稲村三伯《いなむらさんぱく》について蘭方医《らんぽうい》を修《おさ》め、のちに大坂《おおさか》で開業《かいぎょう》した。

「坪井信道《つぼいしんどう》」：一七九五～一八四八年《ねん》。医者《いしゃ》。尾張《おわり》（名古屋《なごや》）と江戸《えど》で漢学《かんがく》と漢医学《かんいがく》を学《まな》ぶ。のち、西洋医学《せいよういがく》のすぐれたことを知《し》る。江戸深川《えどふかがわ》に開業《かいぎょう》し、子弟《してい》を教育《きょういく》し、医学《いがく》の開発《かいはつ》に貢献《こうけん》した。長州藩《ちょうしゅうはん》の藩医《はんい》となり、兵事《へいじ》にもかかわった。

「八重《やえ》」：緒方洪庵《おがたこうあん》の妻《つま》。全国《ぜんこく》から多《おお》くの塾生《じゅくせい》を受《う》け入《い》れ、よくめんどうを見《み》た。また、病弱《びょうじゃく》の夫《おっと》・洪庵《こうあん》を助《たす》け、患者《かんじゃ》の世話《せわ》をした。4人《にん》の子《こ》どもは早《はや》く亡《な》くしたが、9人《にん》の子《こ》どもを立派《りっぱ》に育《そだ》てた。

「適塾《てきじゅく》」：大阪市中央区北浜三丁目三番八号《おおさかしちゅうおうくきたはまちょうめばんごう》にある。一九六〇年《ねん》、重要文化財《じゅうようぶんかざい》に指定《してい》された。その後改修工事《ごかいしゅうこうじ》がなされ、洪庵《こうあん》の住《す》んでいた当時《とうじ》の姿《すがた》に復元《ふくげん》された。

「大村益次郎《おおむらますじろう》」：一八二四～一八六九年《ねん》。明治初期《めいじしょき》の兵学者《へいがくしゃ》。洪庵《こうあん》の塾《じゅく》に入《はい》り、さらに西洋学《せいようがく》の知識《ちしき》を得《え》るため長崎《ながさき》に行《い》く。ふたたび適塾《てきじゅく》にもどり塾長《じゅくちょう》となる。明治《めいじ》の軍制《ぐんせい》の改革《かいかく》をはかった。

「福沢諭吉《ふくざわゆきち》」：一八三五～一九〇一年《ねん》。中津藩士《なかつはんし》の末《すえ》っ子《こ》として生《う》まれる。長崎《ながさき》で学《まな》んだあと、洪庵《こうあん》の塾《じゅく》に入門《にゅうもん》。一八五七年に蘭学塾《らんがくじゅく》（慶応義塾《けいおうぎじゅく》の起源《きげん》）を開《ひら》く。幕府《ばくふ》の使節《しせつ》に従《したが》い一八六〇年《ねん》、六七年《ねん》にアメリカに行《い》く。また、一八六一年《ねん》にはヨーロッパにも行《い》った。『西洋事情《せいようじじょう》』、『学問《がくもん》のすすめ』などを書《か》き、当時《とうじ》の人々《ひとびと》に影響《えいきょう》を与《あた》えた。

［資料提供／大阪大学］

写真：野上 透

著者《ちょしゃ》 司馬遼太郎（しば・りょうたろう）

一九二三年《ねん》大阪府《おおさかふ》生《う》まれ。大阪外国語学校卒業《おおさかがいこくごがっこうそつぎょう》。作家《さっか》。一九六〇年《ねん》『梟《ふくろう》の城《しろ》』で直木賞受賞《なおきしょうじゅしょう》。六六年《ねん》『竜馬《りょうま》がゆく』『国盗《くにと》り物語《ものがたり》』で菊池寛賞《きくちかんしょう》受賞《じゅしょう》。その後《ご》、吉川英治文学賞《よしかわえいじぶんがくしょう》、大佛次郎賞《おさらぎじろうしょう》を受賞《じゅしょう》、七五年《ねん》、芸術院恩賜賞受賞《げいじゅついんおんししょうじゅしょう》。九三年《ねん》には文化勲章《ぶんかくんしょう》を受《う》けた。九六年《ねん》、七二歳《さい》で死去《しきょ》。歴《れき》史小説《ししょうせつ》だけでなく、日本《にほん》はどんな国《くに》か、日本人《にほんじん》はどうあるべきかなど、世界的《せかいてき》な視野《しや》で活躍《かつやく》した日本《にほん》を代表《だいひょう》する作家《さっか》。

ここに収録《しゅうろく》された二作品《さくひん》は、八九年《ねん》に小学校《しょうがっこう》五、六年生《ねんせい》の国語教科書《こくごきょうかしょ》のために書《か》かれたものである。たくさんの著作《ちょさく》の中《なか》でも、子《こ》どものために書《か》かれた作品《さくひん》はこの二編《へん》のみ。

二一世紀《せいき》の子《こ》どもたちへの優《やさ》しいまなざしと心温《こころあたた》まるメッセージを含《ふく》んでおり、子《こ》どもだけでなく、日本人《にほんじん》すべてに夢《ゆめ》と希望《きぼう》を与《あた》える作品《さくひん》として、いまでもたくさんの人《ひと》に読《よ》まれ、親《した》しまれている。

命日《めいにち》は、二月《がつ》一二日《にち》でこの日《ひ》は「菜《な》の花忌《はなき》」としてさまざまな行事《ぎょうじ》が行《おこな》われる。故人《こじん》の遺志《いし》を継《つ》いで、文芸《ぶんげい》、学芸《がくげい》、ジャーナリズムなどの幅《はば》広《ひろ》い分野《ぶんや》の中《なか》から創造的《そうぞうてき》な活動《かつどう》をした人《ひと》や業績《ぎょうせき》に対《たい》して贈《おく》られる「司馬遼太郎賞《しばりょうたろうしょう》」もこの日《ひ》に表彰《ひょうしょう》が行《おこな》われる。

二十一世紀《せいき》に生《い》きる君《きみ》たちへ

二〇〇一年二月一二日　初版　第一刷発行
二〇〇六年一二月二〇日　初版　第十三刷発行

著者　司馬遼太郎

発行人　小林公成
発行　株式会社　世界文化社
〒一〇二―八一八七
東京都千代田区九段北四―二―二九
電話〇三（三二六二）五一二一（編集部）
電話〇三（三二六二）五一一五（販売本部）
印刷　共同印刷株式会社
製本　株式会社大観社

ISBN4-418-01504-3 C0095